KB046627

이필원 글◦토티 그림

사□계절

코너를 달리는 방법

차례

허깨비

극도로 발달한 허깨비는 육상 선수와 구분하기 어렵다더니 과연 사실이다. 나는 트랙 위를 달리는 그 애를 홀린 듯 바라보았다.

1,000미터, 2분 10초.

태어나 한 번도 제대로 훈련해 본 적 없는 일반인이 선수들도 내기 힘든 기록을 지금 막 갈아 치웠다. 그것도 아주 가볍게.

스마트 시계를 확인한 정 코치의 입술이 환

호성이라도 내지르고 싶은지 씰룩거린다. 나는 다시 운동장 트랙 쪽으로 고개를 돌렸다. 그런데 선우진은 이제 막판 스퍼트를 올리고 있었다.

저 애가 납득하기 어려운 신기록을 낸 이유는 보통 사람이 아닌 허깨비이기 때문임을 아는데도 놀라웠다. 괴물이 달리고 있다 해도 틀린 말은 아니지만, 괴물이라고 부르기엔 또 애매한 존재였다. 그들은 단지 넋이라든가 정신이라고 불리는 비물질적인 요소가 바뀌거나 추가되었다고 짐작될 뿐, 겉보기에는 평범한 사람 같다. 그렇다 해도 사람의 범주에서 한참 벗어난 게 분명한 저 아이를 아무 거리낌 없이 대할 날이 올 것 같지는 않다.

훈련 파트너로서 시간을 공유하는 우리 관계에 어떤 이름을 붙여야 할지 모르겠다. 동료나 친구라는 이름으로 불리기에는 영 데면데면했고, 우리 사이에 진득한 감정 같은 건 영원히 오가지 않을 것 같았다.

나는 잡생각을 떨쳐 내려 눈을 질끈 감았다 떴다. 저기, 믿기지 않는 속도로 운동장을 달리는 선우진의 가벼운 몸짓이 기다렸다는 듯 내 안으로 들어온다. 멀리 떨어져 있는데도 자신 있게 달려 나가는 선우진의 감각이 전해진다.

지면을 박차고 나아가는 데 전혀 무리 없어 보이는 다리, 바람을 견디는 상체와 팔의 부드러운 움직임까지 모두 탐날 만큼 안정적이다.

경쾌하게 달려 나가는 선우진은 바람이다. 그
것도 강풍.

세찬 바람을 일으키며 달리다 못해 바람 그
자체가 된 녀석이 부러우면서도 두렵다. 도저
히 눈을 뗄 수가 없다. 다시 시작점으로 달려
오는 선우진과 눈이 마주친 순간, 나도 모르게
뭐야 하고 중얼거리고 말았다.

설마 지금 웃은 건가? 저 힘겨운 상황에서?
헛구역질이나 하지 않으면 다행일 만큼 쉼 없
이 달리고 있으면서 웃음이 나오나?

달리는 건 저 녀석인데 어째서 내 심장 박동
이 빨라지는 건지 모르겠다. 곧이어 설명할 수
없는 무력감이 밀려들었다.

즐기고 있구나, 저 녀석. 뛰는 걸 정말 좋아

하고 있어.

순수한 기쁨이 어느새 나에게로 달려왔다.

파트너

선우진과 재활 훈련을 함께한 지는 얼마 되지 않았다. 보름은 지났을까 싶어 날짜를 세어 보니 이제 겨우 일주일째였다.

과거 세상은 허깨비에 대한 두려움으로 한바탕 몸살을 앓았다. 사회 곳곳이 마비되었고, 학교에서는 허깨비들과 함께 생활할 수 없다는 두려움을 핑계로 한 증오가 학생들 사이를 들끓고 지나갔다. 잠정 휴교 후 대략 2년이 지나 열린 학교는 오랜 시간 방치되어 시설 이 곳저곳이 망가져, 먼지가 한가득 쌓여 있었다. 운동부는 어쩔 수 없이 근처 대학교의 운동장 에서 임시로 훈련을 이어 가는 상황이었는데, 그런 어수선한 분위기 속에서 재활 파트너랍 시고 그 녀석이 합류한 것이다.

선우진.

살아 있되 죽은 것과 다름없는 그들 중에서 도 그나마 생기가 느껴지는 아이였다. 허깨비. 정체 모를 무언가가 몸속으로 들어와 점령당 한 사람을 일컫는 말이었다.

말하자면 선우진은 선우진이 아니었다. 선 우진이라는 이름으로 살아가던 열아홉 살 소 년의 몸 안에 지구 생명체에 포함되지 않는 미지의 존재가 살고 있는 것이다. 허깨비들은 어느 날 갑자기 발견되기 시작했고, 공통된 목격담이 추려졌다.

한집에 살거나 학교 또는 직장에서 얼굴을 맞대고 지내던 사람들이 어느 날 갑자기 표정과 목소리를 잃은 것처럼 굴더니 이 몸을 잠시 빌리겠다는 혼잣말을 반복했다고 한다. 이후로는 대체로 자신의 고유한 품성을 잃은 듯 공허한 모습으로 지낸다고 알려졌다.

처음에는 유령, 귀신 등으로 불리던 그들은 껍데기 같은 그 모습에 얼마 안 가 허깨비라고 호명되기 시작했다.

허깨비들은 길게는 세 달, 짧게는 하루 동안 신체를 점령당하는데, 그 기간에는 달리기나

멀리뛰기 실력이 월등히 향상된다는 특이점이 발견되었다. 오랜 관찰과 추적 결과, 그들은 남을 공격하거나 주변 사물을 부수는 등의 파괴적인 성질을 보이지는 않아서 발견 초기에만 일주일 동안 격리 조치될 뿐이었다.

학교에서도 처음부터 허깨비와의 훈련이 허락된 건 아니었다. 아무리 그들이 잠잠히 지낸다 해도 사람인지 괴물인지 분간조차 어려운 상대와 학생들이 트랙을 질주하는 동안, 공연히 다치거나 목숨을 잃을 위험에 처하기라도 한다면……. 교사와 학부모들의 이 같은 염려가 이어졌지만, 어느 순간 차차 수그러들었다. 방송과 기사에서는 허깨비가 폭력성이 없다는 국내외 질병 및 각종 연구 기관의 발표 내용

을 여러 차례 보도했으며, 무엇보다 경기를 앞
둔 프로 리그 선수와 코치진들의 조바심에 비
하면 허깨비 같은 건 그리 큰 문제로 여겨지지
않았다. 이 흐름은 자연스럽게 학교로 이어져
안심하는 분위기를 심어 주었다.

선우진과의 훈련 소식을 들은 날에는 앞으
로 있을 꽉 막힌 나날을 예고라도 하듯 아침
부터 안개가 짙었다. 그날 나는 탈의실로 쓰는
대형 강의실에 들어서자마자 심상치 않은 분
위기를 느꼈다.

"감독님 드디어 미쳤나 봐."

"아무리 문제가 없다고 해도 그렇지, 훈련하
다 다치기라도 하면 어쩌려고."

"야. 다치는 데서 그치면 다행이지."

하계 훈련 소식을 듣고 다들 심란한 건가 싶었다. 훈련 일정이 보통 때와는 아주 다른 수준으로 빠듯한 모양이라고 넘겨짚는 순간.

"허깨비랑 같이 뛰라니, 미친 거지."

언뜻 들린 그 단어가 불안하게 귓속을 파고들었다.

"우남우, 왔나?"

잠자코 사물함을 여는데 손유리가 아는 체를 했다. 팀에서 유일하게 마음을 터놓고 지내는 동갑내기였다.

"왜들 저래? 듣자 하니 허깨비 어쩌고 하던데."

턱짓으로 등 뒤를 가리키며 묻자 손유리가 난처하다는 얼굴로 설명했다.

"같이 훈련할 거래. 코치님들, 애들 기량 끌어올리려고 별짓 다 한다. 그치?"

어른들은 제정신인 건가.

아무리 허깨비가 인간보다 잘 뛴다고 해도 그렇지. 놈들이랑 같이 훈련하면 일부 겁에 질린 선수들이 발을 헛디뎌 넘어지는 사고나 생길 게 뻔하다. 짜증을 삼키며 발목 스트레칭을 하는데 순간 왼쪽 발목에 저릿한 느낌이 들었다.

당분간 조심히 재활에 집중해라. 같은 부위를 또 다쳐 오면 그땐…….

어릴 때부터 자주 다녀 주치의나 다름없는 정형외과 의사의 단호한 목소리가 불길하게 귓가를 맴돌았다. 엑스레이 사진을 보며 의사

가 건넸던 당부이자 경고는 날마다 나를 멈칫
하게 만든다.

"우남우."

손유리가 불쑥 내 앞으로 고개를 들이밀었
다. 턱 끝까지 오는 손유리의 검은 머리카락이
찰랑였다.

"어떻게 생각해?"

"뭘?"

"허깨비 말이야."

내가 별말 없이 바라만 보자 손유리가 목소
리를 한껏 낮췄다.

"허깨비랑 같이 뛰면 넌 기록 단축할 수 있
을 것 같아?"

"글쎄."

"뭐야. 너무 남 일처럼 생각하는 거 아냐?"

"남 일이니까. 나 기본 훈련만 하잖아."

손유리가 머뭇거리며 이마를 긁적였다.

"그 말은 아직 못 들었구나."

"뭐?"

"허깨비 말이야. 재활 쪽에 붙기로 했대."

나는 아득해지기는커녕 헛웃음이 나왔다.

"말도 안 돼."

"연맹에서도 허락했대. 걔네 그냥 딴사람이 됐을 뿐 위험하진 않다잖아."

이렇게 해서라도 컨디션이 엉망인 선수를 끌고 갈 모양인가. 나는 정 코치가 원망스러워졌다.

"걱정하지 마. 남우 너 빠르고, 발목도 회복

중이고."

나도 모르게 표정이 굳었는지 손유리가 내 얼굴을 살피며 살짝 미소를 지어 보였다.

"뭣보다 네가 괴물한테 따라잡힐 애도 아니고. 허깨비가 아무리 잘 달린다 해도 너보단 느릴걸?"

나는 말없이 바람막이 점퍼의 지퍼를 목 끝까지 올렸다.

몸은 착실히 회복되고 있다. 잘 먹고 잘 자고 되도록 스트레스로부터 멀찍이 떨어져 쉬었으니 당연한 일이다. 윗몸일으키기라든가 팔굽혀펴기 같은 상체 운동에 집중하며, 트랙에서는 경보하듯 가벼운 훈련만 했다. 그 덕분에 경기 감각을 아주 잃지는 않았다.

문제는 내가 다시 경기에 나가 달리고 싶은지 확실하지 않다는 것, 그뿐이다.

달리고 싶다는 마음만은 시간이 지나도 복구되지 않았다. 영영 잃은 마음일 테고 다시는 되찾지 못할 것 같다.

벤치에 앉아 상체 스트레칭을 했다. 고무 밴드를 활용해 목과 어깨 부근의 근육을 풀고 난 다음, 트랙 바깥을 천천히 달린다. 당분간 몸을 사려야 하는 단거리 육상 선수의 오전 일과는 속이 울렁거리던 이전 훈련과는 차원이 다르게 쉬웠다.

육상 꿈나무라는 수식어를 어깨에 얹은 채 나는 아홉 살 때부터 각종 훈련 용품과 장학금을 지원받았다. 이른 나이에 두드러진 기량을 발판 삼아 방과 후면 죽기 살기로 달렸는데, 대회에 나가 더 많은 선수들과 겨루면서부터는 주변에서 추켜세우는 내 실력이라는 게 어느 순간 시시해 보여 그저 습관처럼 뛰었다. 훈련과 부상, 훈련, 훈련, 대회, 부상, 훈련, 훈련, 대회 그리고 부상의 고리 안에서 이 악물고 달리다가 기어코 달리기를 좋아하는 마음을 잃어버린 것이다.

그러자 당연하게도 메달권에 드는 일이 어려워졌다. 어차피 금메달은 정해져 있다는 생각이 들었다. 운이 좋아 은메달이나 동메달을 딸 수는 있겠지만, 매번 주인이 따로 정해진 메달을 노리는 꼴이어서 자존심이 상했다.

족저근막염과 아킬레스건염이 심해져 한동

안 달리면 안 된다는 진단을 들은 직후에는 앞날이 캄캄했다. 그러나 곧바로 거짓말처럼 안도했다. 기대주에서 동정의 대상으로 전락했다는 사실이 마냥 불행하지만은 않았다. 생각보다 괜찮았다. 스타트 라인 앞에 서면 구역감이 몰려올 정도로 부담스러운 선수 생활을 잠시 쉴 수 있었으니까. 고된 훈련 속에서 더는 탈진 직전까지 스스로를 몰아붙이지 않아도 됐으니까.

"뭣들 하냐, 경기가 코앞이다!"

멀리서 정 코치가 초시계를 들고 소리치는 목소리가 들렸다.

"손유리, 무릎 봐라 무릎!"

나는 러닝화 끈을 고쳐 매며 얼마 전 정 코

치가 지나가듯이 흘린 말을 떠올렸다.

'허깨비, 걔들 뛰는 거 한 번만이라도 자세히 보고 싶어.'

그건 일종의 예고였을까.

네 훈련에 허깨비를 투입할 테니 알고 있으라는 어떤 배려였을까. 전직 마라토너이자, 감춰진 내 재능을 발견해 준 사람. 그러나 무모하기로는 대한민국 최고라 할 수 있는 정 코치는 왕년에 뛰어난 선수들을 배출해 낸 이력이 있다.

정 코치는 갈수록 기대에 못 미치는 나를 못내 아쉬워하는 것 같더니 결국 대형 사고를 쳤다. 바로 오늘.

"그 뭐냐, 너희들이 말하는 허깨비."

호루라기를 불어 운동장에 흩어져 있는 선수들을 집합시킨 정 코치가 입맛을 한 번 다시고는 말을 이었다.

"이제부터 우리 학교 소속으로 같이 훈련할 거야."

미리 소문을 파악한 선수들은 떨떠름한 눈빛을 교환했다.

"어렵게 구했어. 파트너이자 코치로서도 잘 도와줄 테니까 혹시라도 못살게 굴지 말고."

정 코치는 파트너라는 말로 허깨비에 대한 경계심을 풀려 했으나 아마 소용없을 거다.

"당장 다음 주부터 훈련에 참여할 거야."

도장을 찍듯 선전 포고한 정 코치가 대뜸 내게 눈을 맞춰 왔다.

"너, 우남우는 이따 따로 얘기하자."

모든 시선이 나에게로 쏠린다. 이로써 허깨비와 함께 달릴 선수가 정식으로 확정됐다.

선우진, 나의 재활 파트너는 처음부터 달리기를 잘한 건 아니라고 했다. 몸을 빌린 입장으로 선우진이 살아온 삶을 조용히 이어 가던 '그 애'는 도보로 20여 분 걸리는 학교를 오가며 달리곤 하더니, 곧 도움닫기 없이 수 미터를 뛰어오르는 솜씨를 선보였다고 한다.

이를 우연히 지켜본 국어 교사가 평소 절친한 사이인 정 코치에게 말을 전했고, 이후 선우진이 허깨비라는 것을 알게 된 코치진이 오랜 고심 끝에 우리 팀에 합류시킨 거였다. 물

론 정식 팀원이 아닌 재활 파트너로서.

도처에 허깨비가 활보하는 시대였지만 전국
체전을 포함한 올림픽과 월드컵 같은 스포츠
행사는 계속되고, 승리 혹은 패배로 나뉘는 경
기를 누군가는 여전히 준비해야 한다.

정 코치는 끊임없이 불씨를 키워 나를 부채
질한다. 달리는 일을 멈추지 말라고.

"선우진이라고 해. 너랑 같이 훈련할 녀석
이름."

"꼭 다시 달려야 돼요?"

트랙 위를 달리는 일이 얼마나 외로운지 잘
아는 정 코치가 인마 하면서 짐짓 쾌활하게 말
했다.

"마음에 없는 소리 하지 마. 너 달리는 거 좋

아하잖아."

"......."

"기록 처지거나 남들한테 지는 거 누구보다 싫어하면서. 너 지금도 속 부글대지?"

"......."

"준비 운동 잘해 둬."

나는 도망치고 싶은 마음과 당장이라도 트랙을 질주하고 싶은 마음을 억누르며 이를 악물었다.

증명

　팔굽혀펴기를 한 세트 하고 나서 윗몸일으
키기를 하려 돌아눕는데 곁에 다가와 서는 기
척이 느껴졌다. 유명 스포츠 브랜드 로고가 형
광색으로 박힌 고급 러닝화가 눈에 들어왔다.

　"안녕."

　나와 같은 흰색 티셔츠와 남색 트레이닝 바
지를 입은 그 애가 인사했다.

　"우남우, 맞지? 코치님한테 들었어. 앞으로

잘 부탁해."

나는 고개만 끄덕여 보이고는 윗몸일으키기를 시작했다. 냉랭한 반응에 눈치껏 자리를 피할 줄 알았던 선우진이 이번에는 발치로 다가와 앉았다.

"잡아 줄까?"

"됐어."

나도 모르게 반말이 나왔지만 태연한 척했다. 이 녀석이 먼저 말을 놨으니 괜찮겠지.

"훈련 일지는 내가 작성할게. 마사지 같은 건 잘 모르는 분야라 도울 순 없지만, 같이 뛰는 건 할 수 있으니까 언제든 말하고."

대화하고 싶지 않은 티를 팍팍 내고 있는데도 선우진은 저 혼자 말을 이어 나갔다. 허깨비는 함께 있기 민망할 만큼 조용하다던데, 녀석은 이상하게도 말이 많았다.

"하체는 나랑 천천히 훈련할 거니까. 상체 근력만 더 만들면 완벽하겠네."

"……네가 뭔데."

"어?"

나는 무시하려고 했던 생각을 바꿔 몸을 일으켰다.

"귀찮게 하지 마."

위협하듯 가까이 마주 섰지만 나보다 키가 큰 남자애는 전혀 동요하지 않았다. 이 자식 대체 키가 몇인 거야. 잠깐 쓸데없는 생각으로 분한 마음이 들었지만, 나는 다시 진지하게 경고했다.

"적당히 장단 맞추다가 가면 되니까 쓸데없는 참견, 하지 말라고."

빠르게 쏘아붙였는데도 녀석은 눈 하나 깜짝하지 않는다. 심상치 않은 분위기를 눈치챈 정 코치가 이쪽으로 걸어오는 게 보였지만, 나는 이 말 많은 참견쟁이에게 겁주는 일을 멈추지 않았다.

"저리 꺼져."

"너 지금 몸 만들고 있는 거 아니야?"

그대로 자리를 비킬 줄 알았는데 또 아니었다. 돌아서려던 나는 녀석의 말에 멈칫했다.

"뭐?"

"너 왜 훈련하고 있는 거냐고."

선우진이 덤덤하게 말했다.

"다시 달리려고 이러는 거잖아?"

이마에 솟아난 땀방울이 눈가를 지나 턱 끝에 매달렸다. 말문이 막히고 난 다음에는 숨이 막혔다. 나는 간신히 목소리를 쥐어짰다.

닥쳐, 네가 뭔데 씨…… 까지 내뱉다가 어느새 다가온 정 코치에게 맨어깨를 찰싹찰싹 맞고 말았다. 두어 걸음 옆에서 우리를 지켜보는 선우진의 갈색 머리카락이 바람에 부드럽게 흔들렸다. 얄밉게도 찰랑이는 그 머리카락을 몇 가닥 세게 뽑아 버리고 싶은 충동이 일었지만, 정 코치가 모셔 오다시피 한 허깨비를 다치게 할 수는 없는 노릇이었다. 나는 괜히 주먹만 쥐었다 폈다.

선우진은 하계 훈련장에 지치지도 않고 나

타났다. 나의 악담 같은 건 아무렇지도 않다는 얼굴로 매일 아침 태연하게 인사를 해 왔다. 그 애가 안녕 하면 어떻게든 어, 그래 안녕 하고 마주 인사하든가 고갯짓을 해 보여야 했다.

한 번만 더 욕하면 어깨 몇 대 맞는 것으로 끝내지 않겠다는 정 코치의 으름장 때문에 달리 방법이 없었다. 선우진을 건드리거나 무시했다가는 단번에 훈련에서 제외될지도 모른다. 오래 몸담아 온 팀에서 낙오되고 싶지는 않았다.

"안녕, 우남우."

오늘도 해맑은 허깨비는 팔굽혀펴기 중인 나를 내려다보며, 속을 긁으려 한다.

"오늘 기운 좋네! 비타민 먹었어?"

"비타민 같은 소리 하네!"

"인간의 몸은 건강할 때 챙겨야 한다고 들었어. 그나저나 어제보다 컨디션 좋아 보이는데, 내일부턴 조금씩 달려도 되지 않을까?"

남의 몸을 훔쳐 사는 무뢰한 주제에 저렇게 낙천적이어도 되는 건가?

재빨리 일어나 손바닥을 털며 노려보자 녀석이 빙그레 웃었다.

"눈 좀 봐. 불꽃 튀겠다."

……혹시 싸움을 거는 건가?

나는 정 코치가 있는 쪽을 원망스러운 눈초리로 쏘아보았지만, 선글라스를 낀 채 선수들과 함께 달리기 시작한 코치는 이미 너무 멀어졌다. 그렇다면 녀석이 상처받아 울든 말든 분

별없이 말해도 되지 않을까. 나는 기회를 놓치지 않고 삐딱하게 말했다.

"넌 왜 그렇게 말이 많냐? 허깨비들은 다 표정도 없고 조용하다던데."

"보통 허깨비가 아니니까."

선우진이 어깨를 으쓱했다.

"난 우리의 자의식이 더 강한 허깨비야."

도통 알 수 없는 말이다. 나는 손사래를 치며 녀석의 눈을 피했다.

"아 됐고, 저쪽 가서 구경이나 해."

"혹시 나를 증명해야 되니?"

"뭐?"

"그러길 바라냐고. 너는 날 파트너로 보지 않잖아."

껍데기만 사람일 뿐이면서 인정받고 싶어 하다니. 너는, 너희는 대체 뭐냐고, 인간 흉내를 내고 싶은 거냐고 묻고 싶은 마음을 억누르고 턱을 치켜들었다.

"어디 한번 증명해 봐. 실력 좀 보자."

선우진은 대놓고 비아냥거리는 나를 물끄러미 바라보았다. 생각에 잠긴 듯하던 녀석이 천천히 고개를 끄덕였다.

"알았어."

그렇게 해서 지금 트랙 위를 달리게 된 저 녀석은 바람이다. 그것도 강풍.

세찬 바람을 일으키며 달리다 못해 바람 그 자체가 된 선우진을 나는 경외감에 사로잡혀 바라본다. 내 쪽으로 돌아오는 녀석의 두 눈과 입술에는 미소가 흐르고 있다. 멍하니 서 있는 내게로 바람을 일으키며 뛰어온 선우진은 숨을 한 번 크게 몰아쉬고 말했다.

"이제 나랑 친구 하는 거지?"

갑자기 친구라는 말이 왜 튀어나온단 말인가. 나는 녀석의 시선을 피하며 중얼거렸다.

"……착각하는 게 취미야? 훈련만 해."

"응. 잘 부탁해."

그렇게 말하며 웃는 녀석은 허깨비라는 이름이 붙은 수상하고 무례한 존재 혹은 징후 같지 않고, 그저 평범한 사람 같았다. 적어도 그 순간만큼은 그랬다.

코너를 달리는 방법

코너에 몰렸다.

"오늘은 뭘 거야?"

어쩌면 막다른 길에.

"감독님이 너 스타팅하는 것 좀 봐 달라고
했는데."

오늘도 선우진이 다가왔다. 나는 물병을 들
어 올리며 한숨을 삼켰다.

"내가 알아서 해."

"오랜만에 뛰는 거라 기본자세부터 손보는 게 좋을 거야."

"그러니까 내가!"

"우남우."

소리 없이 등 뒤에 다가와 있던 정 코치가 내 어깨를 덥썩 잡으며 말했다.

"다시 제대로 달려 봐야지? 우진이랑."

그렇게 하지 않으면 아주 혼쭐날 테니 알아서 하라는 눈빛 앞에서 나는 찍소리도 내지 못하고 물만 벌컥벌컥 마셨다. 정 코치는 그제야 흡족한 얼굴로 선우진을 바라보았다.

"우진이 너는 이 녀석 페이스 조절하는 것 좀 신경 써 줄래? 흥분하면 자기도 모르게 무리해 버리거든."

"네, 감독님."

선우진이 믿음직스러운 목소리로 대답했다.

정말이지 도망칠 구석이라곤 하나도 없는 코너였다. 나는 반쯤 체념한 얼굴로 조심스럽게 몸을 풀었다. 왼쪽 발목에 불편한 느낌은 들지 않았다.

뜨거운 볕 아래서 오래 달리는 일은 쉽지 않다. 한 발 한 발 내디딜 때마다 절로 욕설이 터져 나온다. 오랜만에 제대로 달리려니 정말이지 숨이 막혔다.

"팔."

기록을 재고 있던 선우진이 어느새 옆에 따라붙어 달리며 말했다.

"팔이 너무 올라갔어."

나는 이를 악물며 속도를 냈다.

"무리하지 마."

따돌렸나 싶었는데 선우진이 다시 산뜻한 얼굴로 나타나 나란히 달리기 시작했다.

"좀, 저리, 가."

선우진은 헉헉거리는 내가 초라하게 느껴질 정도로 경쾌한 페이스를 유지한다. 분한 마음에 전력을 다해 달렸으나, 녀석이 샴푸 냄새를 풍기며 따라붙었다.

"너 갑자기 그렇게 뛰면……."

"내 몸은, 내가 더, 잘 알아!"

순간 거짓말처럼 왼쪽 발목이 욱신거렸다. 나는 머리를 쓸어 올리며 멈춰 섰다. 쇼트커트

한 머리카락이 땀에 젖은 이마에 어지러이 달라붙었다. 숨을 거칠게 몰아쉬는 나와 달리 선우진은 한없이 평온해 보였다.

"괜찮아?"

그러는 너야말로 괜찮냐고 묻고 싶다. 나한테 말 걸겠다고 적어도 200미터는 전력 질주했으면서. 나는 고집스럽게 입을 다물고 벤치쪽으로 달렸다. 아이스박스에서 이온 음료를 꺼내 마시는데 가슴이 요란하게 뛰었다.

"트랙 말고 다른 데서 달려 본 적 있어?"

바닥에 주저앉아 있는 나를 살피며 선우진이 물었다.

"선수 우남우 말고, 인간 우남우로 달려 본 적 있어? 훈련하거나 몸 만드는 거 말고 그냥,

달리고 싶어서 뛴 적 있어?"

단 두 모금 만에 이온 음료를 모두 마시고, 나는 녀석에게 보란 듯이 음료병을 쓰레기통에 던져 넣었다.

"야."

엉덩이를 털며 일어난 나는 선우진에게 바짝 다가갔다. 녀석의 샴푸 냄새가 코끝에 은은하게 풍겨 왔다. 대체 무슨 샴푸를 쓰길래 땀 냄새랑 조화롭게 향기로운 거지. 나는 난처한 호기심을 무시하며 버럭 화를 냈다.

"넌 달리는 게 즐겁냐? 좋아서 미치겠어? 난 안 그래. 때려치우고 싶고 지긋지긋하니까 쓸데없는 말 얹지 마라, 나한테."

그 순간 선우진의 눈빛이 착 가라앉았다. 예

상치 못한 반응에 나도 모르게 당황했다. 항상 생글생글 웃던 애가 입을 다무니 도리어 내가 초조해지기 시작했다.

나는 미간을 문지르며 먼저 입을 열었다.

"왜 째려봐? 왜 그렇게 하찮다는 듯이 보는데?"

"남우 네가 작아서 내려다보는 것뿐인데."

녀석은 그저 사실대로 한 말이겠지만 나에게는 타격이 컸다. 나는 한 발 뒤로 물러섰다. 그리고 새삼 깨달았다. 선우진이 무척 크다는 사실을. 녀석의 손과 발 역시 자세히 보지 않아도 나보다 크다는 걸 알 수 있었다.

짜증 나지만, 순간 선우진의 저 덤덤한 눈빛이 귀엽게 보였다. 달리기를 잘하니까 어쨌든

존경스럽기도 하고…….

그런 마음들이 내 안에서 팝콘처럼 튀었다.
드디어 내가 더위를 먹었구나.

"왜 그렇게 봐?"

이번에는 선우진이 물었다.

나는 생각나는 대로 아무 말이나 내뱉었다.

"코너."

"코너?"

"……어떻게 하면 너처럼 속도를 유지하면
서 코너를 돌지?"

순간 녀석의 표정이 환해졌다.

"남우 너도 알겠지만 코너에선 좀 천천히 달
리게 되잖아. 근데 난 안 그래. 더 빨리 달려."

선우진이 비밀스럽게 말을 이었다.

"……귀를 꿔면서 달리면 더 속도가 붙는 것
같아."

"뭐라고?"

"방……귀 말이야. 그런데 내가 꿔고 싶다고
자유롭게 꿜 수 있는 게 아니더라고. 가끔 타
이밍이 맞을 때나 쓰는 방법이야. 인간의 몸이
란 참 신기해."

무슨 말 같지도 않은 소리를 저렇게 진지하
게 한단 말인가. 특별한 비법이라도 들을까 싶
었던 나는 일순간 김이 새서 홱 돌아섰다. 괜
히 얼굴이 뜨거워져 녀석의 말을 떨쳐 내려 달
리기 시작했다.

"우남우."

그날 오후 훈련이 끝나고 샤워실로 향하는데 정 코치가 나를 불러 세웠다. 요즘 들어 밖에서 따로 마주치는 일이 부쩍 늘었다.

"산다는 건 42.195 마라톤 풀코스를 죽어라 뛰는 거야. 그것도 오르막길과 코너가 잔뜩 있는 코스로."

나는 땀을 닦아 내다 말고 눈만 깜빡였다. 뜬금없이 마라톤 타령이다.

"근데 딱 그 코스만 지나면 쭉 내리막길이야. 털털 뛰면서 쉴 수 있다고."

"……세상에 그런 코스가 어딨어요."

"너도 잘 풀릴 수 있어."

"감독님."

나는 정 코치에게 가까이 다가가며 말했다.

"엄마."

집 밖에서는 절대 부르지 않던 호칭을 입에 담자 모자챙 아래로 두 눈이 커진다.

"나 계속 전속력으로 달렸어, 경기장에서. 엄마가 보기엔 한참 부족하겠지만."

"남우야."

"선우진 저런 애는 쉽겠지, 잘 달리니까. 더 노력하라고 하지 마세요."

당신 딸은 천재가 아니야. 아무것도 아니라고. 나는 우두커니 서 있는 엄마를 남겨 두고 돌아섰다.

"어라, 우남우."

맞은편에서 걸어오던 손유리와 마주쳤지만, 나는 나중에 보자는 인사만 남기고 지나쳤다.

혼자 있고 싶었다. 나를 아는 사람이 없는 곳을 찾아 달리다시피 걸었다.

조금 전 복도 모퉁이를 지나던 누군가가 모녀 사이에 오가는 신경전을 보고는 그대로 벽 뒤로 숨어 버린 사실은 알지 못한 채.

땀으로 젖은 훈련복을 세탁실에 맡겨 두고 나오자 비가 쏟아졌다. 버석하게 타들어 간 마음을 알아차리기라도 했는지 소나기다.

우산 없이 걷다가 슬슬 달리기 시작했다. 머리카락이며 운동복이 빠르게 젖어 갔지만, 비를 피하고 싶은 마음은 들지 않았다. 세찬 빗줄기 사이로 거리의 간판과 가로등 불빛이 희미하게 보였다. 누군가 뒤에서 따라오고 있다

해도 이상하지 않을 만큼 음산한 분위기였다.

그 순간, 모르는 목소리가 들려왔다.

　—나한테 줄래?

　오싹한 느낌이 등줄기를 타고 흘러내렸다. 그건 청각으로 듣는 목소리가 아니었다.

　—그 몸, 갖고 싶지 않으면.

　이어지는 목소리와 함께 밀려나는 기분이 들었다. 빼앗기고 있었다. 누가 나를 밀어내고 내 몸을 차지하려 한다. 비명도 나오지 않았다. 이대로 정체 모를 무언가에게 몸을 빼앗기는 걸까.

　"안 돼!"

　그리고 어떤 목소리가 희미해지는 내 의식을 붙잡았다.

52

"얘는 안 돼!"

선우진이 내 앞을 가로막았다. 그러는 사이 빗줄기가 더욱 거세졌다.

"괜찮아?"

얼마나 시간이 지났을까. 선우진이 손을 내밀었을 때, 나는 주저앉아 몸을 떨며 녀석을 올려다보고 있었다.

"방금 그거 뭐야?"

"⋯⋯우리."

선우진이 처음 보는 눈빛을 지으며 말했다.

"안심해. 쫓아냈으니까."

안심할 수 있을 리가 없잖아. 조금 전에 내 몸에서 내가 분리될 뻔했는데. 그대로 사라질 뻔했는데⋯⋯ 아니 집어삼켜질 뻔했는데. 나는 처음으로 선우진이 두려워졌다.

"쫓아왔어, 걱정돼서."

그런데 이상했다. 아무렇게나 요동치던 가슴이 녀석의 한마디에 진정되어 갔다. 조금 전까지만 해도 두려움에 낯설게 느껴지던 녀석이 다시 평소와 다름없게 보였다.

"아까 물어봤지? 선수로서 말고, 그냥 달려 본 적 있냐고."

세상에서 지워질 뻔한 위기를 넘겨서일까. 나는 불현듯 비밀을 털어놓고 싶어졌다.

"그런 적 없어. 어렸을 때 빼곤. 달릴 때 즐거웠던 게 언제인지 이제 기억도 안 나."

빗물이 뺨을 타고 흘렀다. 나는 떨리는 손으로 얼굴을 쓸어내렸다.

"내가 유일하게 좋아하고 잘하는 일을 더 잘하고 싶어서 괴로워지는 거야. 달리는 게."

멀리서 가로등 불빛이 깜빡였다. 오래지 않아 꺼질 것처럼 위태로워 보였다.

"넌."

나는 망설이다가 녀석에게 물었다.

"너는 왜 달리는 건데? 왜 인간의 몸을 얻어서까지 달리는 거야? 다른 허깨비들은 안 그런데 너는 왜 이렇게까지 달리고, 말하고, 웃어?"

"살아 있는, 기분을 느끼고 싶어서."

세차게 내리는 빗소리 사이로 녀석의 목소리가 느릿느릿 이어졌다.

"더, 생생해지고 싶어서."

지금 이 순간에도 쉴 새 없이 뛰어 대는 심

장 박동을 이 녀석은 느낄 수 없는 걸까? 나는 그럼 너희 존재들은 인간에게 오기 전에는 죽어 있던 거냐는 질문은 하지 않았다. 그 대신 꺼낸 말은 내일 보자는 인사였다.

그 애는 돌아서는 나를 향해 처음 만났을 때처럼 활기차게 손을 흔들었다. 얼마나 걸었을까. 뒤늦게 울음이 터져 나왔다. 몸을 빼앗길 뻔했다는 두려움 때문인지 아니면 나를 오래도록 괴롭혀 온 비밀을 털어놓은 후련함 때문인지 알 수 없었다.

계속 같이 있어

"그럼 나중에 어디로 가는 거지?"

"누구?"

"허깨비 속에 있는 개들 말이야."

"빼앗았던 몸은 내버려 두고 어디론가 사라진대. 허물 벗듯이."

"그럼 원래 주인이 다시 자기 몸이랑 정신을 찾는 건가?"

"그렇다던데. 몇 주 동안은 좀 멍하대. 몸을

뺏겼던 건 기억도 못 하고."

탈의실에서 땀에 젖은 티셔츠를 벗으려는데 수군거리는 목소리가 들렸다. 계절이 바뀌고, 선우진을 둘러싼 소문이 돌기 시작했다. 몸을 뺏겼던 사람들이 제 몸을 찾는 주기가 더욱 짧아지고 있다고 했다.

그럼 그들은 어디로 가는 거지.

나는 목에 건 스포츠 타월로 이마를 닦으며 아랫입술을 깨물었다.

……선우진 속 너는 대체 어디로 가는 거야.

* * *

여름을 지나는 동안 컨디션을 최대치로 끌어올렸다. 결승선을 가뿐히 통과할 만큼 체력

58

을 만드는 데 성공한 나는 전국 체전을 앞둔 날, 선우진에게 얄팍한 수를 썼다.

"먹어."

오전 훈련을 마치고 비타민을 건네자 선우진이 놀란 표정을 지었다.

"나 주는 거야?"

녀석이 너무 놀라워하는 바람에 나는 습관처럼 눈썹을 찌푸렸다.

"뭐야, 그 표정은!"

"놀라서."

"누가 보면 처음 챙겨 주는 줄 알겠네. 너 그동안 내가 자두며 앵두 같은, 어? 제철 과일 챙겨 준 거 잊었어?"

나는 만약 이 녀석도 뭔가를 먹는다면, 최상

의 컨디션을 유지하는 데 영양분이 필요하겠지 싶어 틈틈이 먹을 걸 가져다주곤 했다. 그때마다 선우진은 어쩐지 감격한 얼굴로 나를 빤히 내려다보았는데, 나는 매번 멋쩍어하며 타박하고 말았다.

"야, 그런 표정으로 보지 말라고."

"네가 작아서."

"시끄러워."

나는 선우진을 혼자 남겨 두고, 저만치로 가 러닝화 끈을 고쳐 매는 척했다.

내 곁에는 언제 나를 떠날지 모르는 네가 있고, 나는 그런 너와 조금쯤 가까워진 채 나만의 스타트 라인에 설 것이다. 나는 어느새 다시 달릴 준비가 돼 있었다.

경기 당일 새벽, 춘천으로 향하는 전세 버스
에 몸을 싣고 멍하니 창밖을 바라보았다. 맨
뒷자리에 나란히 앉은 우리는 바로 앞자리에
서 손유리가 가끔 건네는 말에 대꾸하거나, 창
밖을 바라보며 이동 시간을 견뎠다. 손유리 쪽
을 힐끔 보니 그새 잠들었는지 조용하다.

"남우야."

선우진이 가까이서 속삭이는 바람에 귓불이
며 목덜미가 조금 간지러웠다.

"왜?"

녀석이 성을 떼고 이름을 부를 때면, 불필요
한 상냥함이 끼어들곤 했기 때문에 긴장이 되
었다.

"오늘 재밌게 달려 봐. 후회 없이."

나는 그저 의자 깊숙이 기대앉았다.

"……그런 게 가능하겠냐?"

말은 그렇게 했지만 경기장에 도착해 스타트 라인에 서자 어쩐지 웃고 싶을 정도로 가슴이 두근거렸다. 지난여름 선우진과 기본 주법부터 근력 운동에 시간과 노력을 기울여 왔던 게 웬일인지 꿈만 같았지만, 한편으로는 여느 때보다 자신감이 넘쳤다.

마음을 비우고 기본기부터 다시 다진 시간은 거짓말을 하지 않을 것이다. 내내 땀을 흘리며 숨이 벅차 바닥에 대자로 누웠던 오후가 내 안에 한가득 쌓여 있다.

난 준비가 됐어. 그런 확신을 가진 채 맞이한 지금 이 순간, 꿈에서도 듣곤 하던 출발 총성이 장내에 울려 퍼진다.

　―폭발적인 스피드를 내는 달이고교 우남우 선수…… 중간 질주 역시 기대되는…….

　본부석 부스에서 장내 아나운서가 무어라 외치는 소리가 들렸지만, 명확한 언어로 들리지는 않았다. 이상하리만큼 사방이 고요했다.

　―격차를 벌리고 단독 선두로…… 지난해 부상을 입었던…… 근력을 보완한 선수…….

　선우진 속 녀석은 아마도 곧 떠날 것이다. 멀쩡한 사람을 허깨비로 만든 미지의 존재들이 그러하듯이 영영 떠나 버릴 지도 모른다.

　넓은 보폭으로 치고 나가면서는 그런 생각이 들었다. 오늘 이 경기가 끝나고 나면, 녀석은 언제든 다른 누군가에게로 또 바람처럼 불어닥칠 거라고. 살아 있음을 느끼기 위해 어느 때고 훌쩍 떠날 거라고.

박수와 함성 소리를 들으며 녀석과 코치진이 있는 관중석 A열까지 마지막 힘을 짜내서 달렸다. 현수막 뒤에서 어리둥절해하는 반가운 얼굴을 보자마자 나는 고함을 쳤다.

"가지 마!"

나는 헐떡이면서도 선우진에게서 눈을 떼지 않았다.

"너, 계속 같이 있어!"

바람과 함께 달리다

"달리는 사람들은 말이야."

모든 경기가 끝나고 손유리가 실실 웃으며
말했다.

"기본적으로 지는 걸 싫어해요."

"수고했다, 우남우."

버스에 올라타는 내게 정 코치도 콧등을 쓸
며 웃어 보였다. 그러더니 나에게만 들리게 목
소리를 낮춰 말했다.

"달리기 말고 하고 싶은 게 있으면, 한번 생각해 봐."

그 말을 듣고 나서는 오랜만에 홀가분한 마음으로 웃었다. 단거리, 중장거리 선수들이 뒤섞인 버스는 어둑해지는 고속도로를 빠르게 달렸고, 그 안에서 나는 잠기운을 이겨 내며 조용히 선우진을 몰아세웠다.

"너 정말 그 몸을 떠날 거야?"

"응, 때가 되면."

몸에서 몸으로 이동하며 겨우 살아가는 너희들은 생애 어느 순간에 정착이란 걸 할 수 있을까. 한자리에 오래 머물며 살 수는 없는 걸까.

"너는 나를 선택했잖아. 우리 팀이랑 계약했

잖아."

"응."

"그럼 떠나면 안 되지. 그 몸속에서 계속 나랑 같이 달려야지."

창가에 앉은 선우진은 차창에 머리를 기대며 피식 웃기만 했다.

나는 밀려오는 피로감에 두 눈을 감았다. 털실로 짠 옷에 일어난 보풀처럼 거추장스럽던 것이 존재감을 키우고 나면 그다음부터는 속수무책이다. 나는 내 마음이 그쪽으로 기우는 걸 지켜보는 수밖에 없다. 그것이 허깨비에 불과한 존재일지라도.

이튿날 오후 모처럼 훈련이 없는 날, 나는 설

거지를 하다가 엄마에게 단호히 말했다.

"공부해 볼래."

냉장고에 반찬 통을 넣던 엄마가 뻣뻣한 동작으로 돌아섰다.

"공부를…… 하겠다고?"

그렇게 묻는 엄마의 얼굴은 훈련장에서 보는 정 코치의 얼굴과 미묘하게 달랐다.

"어, 영상학과 목표로 공부해 볼래."

"왜?"

"……영화를 좋아하니까? 생각해 보니 영화를 만들고 싶은 것 같기도 하고."

조금 자신 없는 투로 말하자 엄마는 어이없어하며 웃었다.

"그래라."

엄마가 순순히 허락하리라고는 생각하지 못
했다. 멋쩍게 턱을 긁던 나는 달리기를 제외한
삶을, 내가 달려 본 적 없는 낯선 코스의 가능
성에 대해 주절주절 늘어놓았다.

"그동안 훈련 때문에 수업 많이 빼먹었잖아.
학교 제대로 다니면서 더 알아볼 거야."

"남우야."

"어?"

"후회 없이 달렸니?"

나는 힘차게 고개를 끄덕였다. 그런 나에게
엄마 역시 고개를 끄덕여 보였다.

"교과 과정 따라잡는 건 오래 걸리지 않을
거야. 너, 지구력 하나는 끝내주니까."

"그게 뭐야."

"뭐긴. 맹목적인 응원이다, 인마."

어깨를 찰싹 때린 엄마가 이를 드러내며 웃었다.

그 후 거실을 한참 서성거렸다. 아직 숙제를 다 끝내지 못한 기분이었다.

오랜 고민 끝에 선우진에게 연락했으나 아무런 메시지도 오지 않았다. 전화를 걸어 봤지만 전원이 꺼진 상태였다.

나는 얇은 점퍼를 챙겨 들고 부리나케 현관을 나섰다. 훈련 일정이 있든 없든 매일같이 나와서 저 혼자 운동장 트랙을 뛰거나 걷곤 하던 선우진의 일상을 모르지 않았다. 선수보다 더 독하게 달리는 녀석을 만나러 가야 할 곳은 그곳뿐이었다.

그러나 한걸음에 달려간 운동장에 선우진은 없었다.

"허깨비요?"

포환던지기 선수로 활약하는 후배가 두리번거리더니 말했다.

"아까 어떤 사람들이 데리고 가던데요. 엄청 난리였어요. 치료받으러 미국에 갈 거래요. 거기 가도 딱히 방법은 없을 텐데. 그냥 저절로 빠져나올 때까지 기다리지."

어떤 사람들이라 함은 아마 녀석이 몸을 빌려 쓰고 있는 인간 선우진의 가족이나 지인일 터였다.

나는 바로 선우진이 사는 동네로 뛰어갔다.

아마 여기쯤일 텐데 하면서 도착한 곳은 부

유하기로 유명한 동네였다. 정말이지 나랑 사는 세상이 다르구나, 새삼 놀라워서 헛웃음이 나왔다.

엄마에게 문자로 전해 받은 녀석의 집 주소로 달려가자, 한눈에 봐도 고급스러운 정경이 펼쳐졌다. 세대수가 많지 않은 고급 빌라 사이사이에는 잘 가꾸어진 화단이 보였다.

어거스트 빌라, 502호. 그리로 곧장 가려는데 어디선가 익숙한 목소리가 들려왔다.

"곧 공항에 가야 하는데 어딜 간다는 거야."

"산책이요."

"늦기 전에 와라. 딴 데로 새지 말고."

'인간 선우진'의 아버지로 보이는 중년 남자가 녀석을 못마땅한 눈으로 바라보다가 돌아섰다.

나는 담벼락에 기대듯 서 있다가 이쪽으로 걸어오는 선우진 앞으로 성큼성큼 나섰다. 나를 발견한 선우진이 우뚝 멈춰 섰다.

"남우야."

"너 정말 갈 거야?"

땀에 젖은 운동복 대신 잘 다려진 셔츠와 베이지색 면바지 차림의 선우진을 보자 마음이 급해졌다. 조금 전 대화로 짐작해 보건대 녀석은 오늘 저녁에 출국할 모양이다. 이 나라를, 나를 떠나갈 것이다.

"응."

굳게 다문 입술이 미리 준비한 듯 말을 늘어놓는다.

"미국에 유명한 최면 치료사가 있나 봐. 나는 그런 술법으로 분리되는 존재가 아닌데, 하도 소원이라길래 들어주려고."

조금도 유쾌하지 않은데 선우진은 즐거운 척 웃기까지 한다.

"웃지 마."

나는 그대로 선우진을 벽으로 밀어붙였다. 그래 봤자 녀석은 뒤로 살짝 주춤했을 뿐이지만, 나는 어깨를 움켜쥔 두 손을 풀지 않았다. 너는 사람이 아니다. 사람보다 귀신이나 세균, 어쩌면 외계 생명체와 더 가까운 존재라는 것을 잘 안다.

하지만.

나는 분해서 눈물이 다 차올랐다.

"너, 지금 바로 선우진의 몸을 떠나. 그리고 나한테 와. 날 빌려줄 테니까!"

나의 제안에 녀석은 한동안 아무 말도 하지 않았다.

"······진심이야?"

선우진이 입을 연 건 한참이 지나서였다.

나는 두 팔을 벌렸다.

"자."

그러고는 멍청하게 외쳤다.

"이리 와!"

그 말에 선우진이 순간 허리를 숙였다. 우는 건가. 울려 버렸나. 하지만 곧 녀석이 어깨를 떨며 소리 죽여 웃고 있다는 걸 알아채고 나서는 그만 어디론가 도망치고 싶었다.

"이 멍청아."

나직이 입을 연 선우진의 얼굴에는 어떠한 감정도 담겨 있지 않았다.

"너 지금 무슨 말을 한 건지 알아?"

순식간에 우리가 서 있던 위치가 뒤바뀌었다. 담벼락으로 나를 돌려세운 선우진은 여전히 무표정이었다.

"티브이에서 못 봤어? 내가 널 차지하면 너는 희미해지는 거야. 내가 네 몸속에서 널 잠재우면 너는 나랑 같이 허깨비가 되는 거야."

"웃기지 마."

나는 일부러 겁주려는 녀석을 눈치채고 비웃었다.

"넌 날 곁에 둘 거잖아."

우리의 시선이 가까이서 마주쳤다.

"같이 있을 거잖아, 이 몸 안에서."

네가 원하는 기간만큼 나와 함께할 거잖아. 거만한 속마음을 일일이 내뱉지는 않았다. 내 안에 누가 머물러야 한다면 그게 너였으면 좋겠다는 말도 꺼내지 않았다.

너 이제 나를 모르던 때로 돌아갈 수 없겠지? 굳이 입 밖으로 꺼내지 않아도 나의 목소리를, 나의 진심을 들었을 녀석이 졌다는 듯 따라 웃었다.

* * *

입동이 지나자 확실히 바람이 달라졌다. 가을이 다녀간 줄도 모르게 겨울이 왔다. 육상부터 포환던지기, 멀리뛰기 선수들로 붐볐던 대학 교정은 한산하기만 했다. 실내 체력 단련장을 빼면 대체로 조용한 편이었다.

"다리를 좀 더 이렇게, 그렇지!"

멀리서 정 코치가 한 학생의 기본자세를 손봐 주고 있었다.

땀 냄새와 기합 소리로 가득한 그곳에서 손유리는 스포츠 타월로 목덜미의 땀을 닦다가 이제 막 들어서는 친구를 발견하고 손을 흔들었다.

"남우야."

그러나 우남우는 오랜 친구의 목소리를 바로 듣지 못하고 러닝머신 앞으로 걸어갔다.

"우남우."

가까이 다가가 어깨를 짚고 나서야 비로소 활짝 웃는 친구를 마주 보며 손유리는 한쪽 눈썹을 치켜세웠다. 우남우가 티 없이 웃는다. 뭔가 단단히 잘못된 기분이지만 어디서부터 무엇이 어긋난 건지 손유리는 바로 알아차리지 못했다.

"선우진 떠나고 공부에 집중한다더니, 여긴 어쩐 일인데?"

그런데 익숙하면서도 낯선 절친한 친구는 가만히 미소만 짓는다. 비속어와 승부욕, 소량의 정으로 똘똘 뭉친 우남우를 이루던 온갖 요소가 바뀐 것처럼.

"……걔 안 떠났어."

한참 만에 들은 대답은 어딘지 모르게 이상

했다. 뒤이어 뭐라 중요한 말을 한 것 같은데 때마침 어디선가 쏟아진 왁자지껄한 웃음소리 때문에 제대로 듣지 못했다.

너 방금 뭐라고 말했어. 그렇게 물으려던 질문은 손유리의 입 안 깊숙한 곳에서 맴돌다가 사라졌다.

"너 설마……."

손유리는 입을 다물었다. 멍하니 허공을 올려다보다가, 우남우를 빤히 살피다가, 마침내 실소를 터뜨렸다.

……그렇다면 네가 누구냐고 묻는 건 소용없는 거겠지. 모르는 사이에 재밌고 놀라운 일이 벌어졌다. 손유리는 난감한 듯 즐거운 듯 웃다가 돌아섰다.

"아니다. 이따 봐."

걱정할 건 없었다. 우남우는 원할 때마다 후회 없이 달릴 것이다. 누군가와 꼭 같이. 트랙 바깥까지. 아마도 낯선 바람이 불어오는 방향으로.

머릿속이 복잡할 땐 종종 도망치듯 걷거나 달려
왔는데, 최근에는 한자리에 앉아 고민하는 날이 많
아졌다는 핑계로 산책과 운동을 게을리했습니다. 때
마침 우남우와 선우진을 다시 만나게 되어 오랜만
에 동네 산책로를 걷다 왔고, 오늘은 달려 볼 생각입
니다.

달리면서 만들어 내는 바람을 좋아합니다. 무형의
바람이지만 제 안 어딘가에 새겨지리라 생각하며 뛰
곤 합니다.

정적인 이야기에 생기 있고 아름다운 그림을 이
어 준 토티 작가님과 저보다 더 남우와 우진이를 아

껴 준 윤설희 편집자님에게 수백 개의 하트를 보냅니다.

우남우, 선우진과 함께 즐거운 달리기가 되었기를 바랍니다. 두 사람의 이야기가 각기 다른 바람을 일으켜 여러분께 가닿았으면 좋겠습니다. 고맙습니다.

2023년 여름

이필원

코너를 달리는 방법

2023년 8월 25일 1판 1쇄

글	**그림**	
이필원	토티	

편집		**디자인**
김태희 장슬기 윤설희 최경후 이여름		신종식

제작	**마케팅**	**홍보**
박홍기	이병규 이민정 최다은 강효원	조민희

인쇄	**제책**
천일문화사	J&D바인텍

펴낸이	**펴낸곳**	**등록**
강맑실	(주)사계절출판사	제406-2003-034호

주소	**전화**
(우)10881 경기도 파주시 회동길 252	031)955-8588, 8558

전송
마케팅부 031)955-8595, 편집부 031)955-8596

홈페이지	**전자우편**	**인스타그램**
www.sakyejul.net	literature@sakyejul.com	instagram.com/sakyejul_teen

ⓒ 이필원 2023

ISBN 979-11-6981-146-0 44810
ISBN 979-11-6094-736-6 (세트)